JN136806

ティンガティンガ・アートでたのしむアフリカのむかしばなし

3 ゆかいなはなし

しんぞうとひげ

しまおかゆみこ 編・再話
ムブカ、レイモンド、チャリンダ 絵

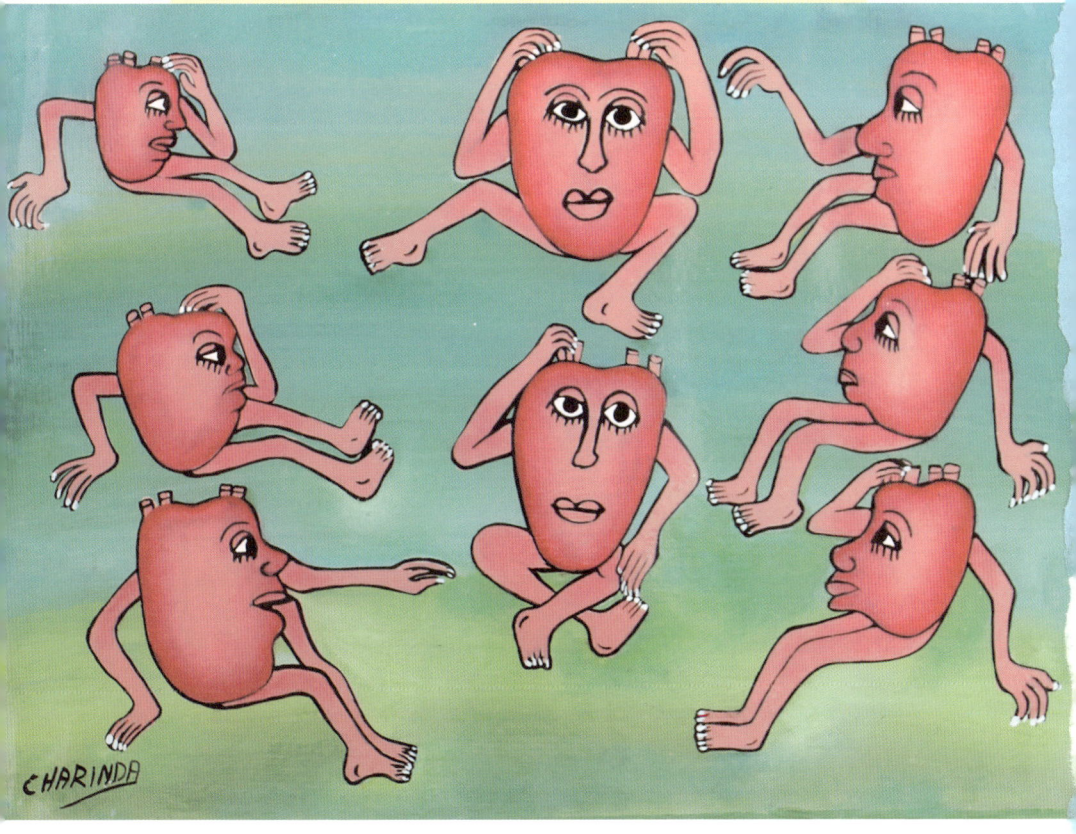

かもがわ出版

アフリカ大陸の地図

◉ティンガティンガ・アートとは◉

1968年に、タンザニアの
エドワード・サイディ・ティンガ
ティンガさんが　はじめた、
絵のかきかた。
6色のペンキをつかって、
したがきをしないで、
タンザニアのしぜんやどうぶつ、
人びとのせいかつ　などを、
のびのびと　えがくのが
とくちょうです。

もくじ

ウサギのそめものや
タンザニア本土　ボリサ村のおはなし　5

小さい青い鳥シェルレ
タンザニア本土　ナカパニャ村のおはなし　21

しんぞうとひげ
ザンジバル　ウングジャ本島のおはなし　41

ゆかいなはなし　解説　68

これは、アフリカの　タンザニアという国の
むかしばなしです。
　タンザニアのむかしばなしは、
「パウカー（はじめるよ）」、
「パカワー（はーい）」で　はじまり、
「今日のはなしは、これで　おしまい。
ほしけりゃ　もってきな。
いらなきゃ　海にすてとくれ」
で　おわります。
　さあ、それでは、今日のおはなしを　はじめましょう。
「パウカー」「パカワー」

ウサギのそめものや

タンザニア本土(ほんど)　ボリサ村(むら)のおはなし

ハポ　ザマニザカレ（むかしむかし、あるところに）
どうぶつの国がありました。
むかしむかしの　どうぶつは、白いというか、
うすぼんやりした色で、もようも　ついていなくて、
だれがだれやら、さっぱり　わかりませんでした。

ある日、ウサギが、草や花をつぶしたり、木のみやら、
ねっこやらを　ぐつぐつ　にこんだりして、
せんりょうをつくりました。

ウサギは、そめものやを　はじめることにして、
どうぶつたちに　よびかけました。
「体に　色をつけてほしけりゃ、よっといで」
一番早く　かけつけたチーターが、さいしょに
色をぬってもらうことに　なりました。

ウサギが、チーターに聞きました。
「どんな色と　もようが、ようございますか？」

MBUKA

チーターは、
「黒と黄色の　水玉もように　しておくれ」
と、いいました。

「へいへい、おやすいごようでがす。
ちょいちょいちょい、ちょちょいのちょい」

ウサギが　ちょいちょいちょいっと　色をぬるだけで、
みちがえるように　りっぱになっていくので、
チーターは、大よろこびです。

ウサギが　いいました。
「へい、できあがり。これで　ようございますか？」
チーターは、
「アサンテ　サーナ（どうもありがとう）、
気に入ったよ。母さんに見せてくる」
と、いって、ピューッと　走っていきました。
つぎに　首の長いキリンが　かけてきて、
「オレンジ色で　もようをかいて」
と、いいました。

MBONA

ウサギは、

「へいへい、おやすいごようでがす。

ちょいちょいちょい、ちょちょいのちょい。

へい、できあがり。これで　ようございますか？」

キリンは、大きな体にも、長い首にも、オレンジ色のもようがついて、ごきげんです。

「アサンテ　サーナ（どうもありがとう）。

気に入ったわ。子どもたちも　つれてくるから、

おなじ色をぬってね」

と、いって　帰っていきました。

MBUKA

つぎに　ウマが　かけてきて、
「黒(くろ)い　シマもように　しておくれ」
と、いいました。

ウサギは、
「へいへい、おやすいごようでがす。
ちょいちょいちょい、ちょちょいのちょい。
へい、できあがり。これで　ようござんすか？」

ウマは、ちょいちょいちょいっと　シマもようがついただけで、とても　かっこよくなりました。

みんなも、

「かっこいいよ」

と、ほめるので、ウマはごきげんで　いいました。

「アサンテ　サーナ（どうもありがとう）。

気に入ったよ。

みんな、今日から、ぼくのこと、シマウマって

よんでおくれ」

そのあとも、
サイにライオン、
カラスにフラミンゴ、
ヌーにバッファロー、
インパラにゾウにサル、
ヘビにワニ……と、
どんどん　やってきた
ので、ウサギの
そめものやは、
大はんじょう。

ウサギは、いそがしすぎて、ねるひまもありません。

ウサギが、まる三か月かかって、国じゅうの
どうぶつたちに　色をつけおわったときには、
たくさんあった　せんりょうも、すっかり　なくなって
いました。

ウサギは、そのときになって、自分の体に色をつける
のを　わすれていたことに　気がついたのですが、
あとのまつりです。

「たっぷり　もうかったから、ま、いいか」
と、いいながら、そめものやの　かんばんを　おろすと、
白い体のまんまで、ぴょんぴょんぴょーんと　はねて
いきました。

今日のはなしは、これで　おしまい。
ほしけりゃ　もってきな。
いらなきゃ　海にすてとくれ。

MBUKO

小さい青い鳥シェルレ

タンザニア本土　ナカパニャ村のおはなし

Raymond

ハポ　ザマニザカレ（むかしむかし、あるところに）
どうぶつの村がありました。
その年は、かんかん照りの　あつい日ばかりで、雨が
なんか月も　ふりませんでした。
そして、とうとう　水が　ひあがってしまったのです。
「水が……水がのみたい……」
「雨を……雨をふらせたまえ……」
どうぶつたちは、いっしょうけんめいに
いのりましたが、雨つぶひとつ　おちてきません。

Raymond

Raymond

どうぶつの子どもたちは、
「母さん、お水」
「母ちゃん、水がのみたい……」
と、いいながら　たおれていきました。

母さんキリンも、母さんゾウも、母さんカバも、
かなしくて、つらくて　ないているのに、体じゅうが
ひからびて、なみださえ　出ませんでした。

じめんも川も　ひあがり、カバのせなかも　ひびわれ、どうぶつたちは　ほねとかわに　なってしまいました。ぐったり　たおれている　どうぶつばかりで、村はしを　まつ　ぶきみな　しずけさにつつまれていました。

そのとき、かれ木の上から、すずのようにうつくしい声がして、かわいた　サバンナの大地に、ほそく高く、ひびきわたりました。

＊サバンナ……熱帯地方のかわいた草原。ここは雨がふるきせつと日照りのきせつがはっきりわかれている。

シェルレ　シェルレ　シェールレ
シェルレ　シェルレ　シェールレ♪

かれ木の上で　ないていたのは、
小さい青い鳥でした。

シェルレ
シェルレ
シェールレ♪

小さい青い鳥は、
「シェルレ」と、なくたびに、
体を　ぷるぷる
ふるわせたり、
羽を　ひらいたり、
とじたりしていました。

そうです。小さい青い鳥は、たったひとりで、天にむかって、雨を　ふらせてくださいと　ねがいをこめて、歌とおどりを　ささげていたのです。

もちろん　この小さい青い鳥だって、のどはからから、体はへとへとです。

それでも、力のかぎり、歌い、おどりつづけました。

シェルレ　シェルレ　シェールレ
シェルレ　シェルレ　シェールレ♪

小さい青い鳥は、声が
だんだん　ほそくなって、
さいごの「シェールレ」の
声とともに、
かれ木から　おちて、
気を　うしなって
しまいました。

Raymond

そのときです。
小さい青い鳥の上に、ポツリ　ポツリ　ポツリ
雨つぶが、三てき　おちてきました。
三てきの　雨つぶに　はげまされて、目をさました
小さい青い鳥は、さいごの力を　ふりしぼって、

シェルレ　シェルレ　シェールレ♪

と、歌い、体を　ぷるぷる　ふるわせておどりました。

すると、

ポツリ　ポツポツ
ポタリ　ポタポタ
ザー　ザザー
ザー　ザザー

と、めぐみの雨（あめ）がふりだしたのです。

みるみるうちに、アフリカの大地が　よみがえり、
草や木がはえ、川が　ながれだしました。
どうぶつたちも　水をたっぷり　のんで、すっかり
元気になりました。
小さい青い鳥は　よろこんで、雨の中を「シェルレ、
シェルレ」と、なきながら、とびまわりました。
どうぶつたちは、
「ありがとう、シェルレ」
「シェルレ、ありがとうよ」
と、小さい青い鳥にむかって　口ぐちにいいました。

Raymond

Raymond

小さい青い鳥は、そのときから、
「めぐみの雨を　ふらせてくれる　シェルレ」として
あいされるように　なりました。

だから　いまでも、

シェルレ　シェルレ　シェールレ♪

の声がすると、村人たちは、

「あっ、シェルレが歌(うた)いはじめた。
もうすぐ　めぐみの雨(あめ)がふるぞ。
ありがたや、ありがたや」
と、よろこんで、たねまきの　じゅんびを　はじめるのです。

今日(きょう)のはなしは、これで　おしまい。
ほしけりゃ　もってきな。
いらなきゃ　海(うみ)にすてとくれ。

Raymond

しんぞうとひげ

ザンジバル　ウングジャ本島(ほんとう)のおはなし

ハポ　ザマニザカレ（むかしむかし、あるところに）
しんぞうとひげが　おりました。
しんぞうもひげも　びんぼうで、いつも　はらを
すかせておりました。

ある日、しんぞうが　いいました。
「ああ、おなかがすいたなあ。どこかに　きのこでも
はえていないかなあ」

ふと、空を見あげると、鳥たちが　気もちよさそうにとんでいます。

「ああ、とりにくが　食べたい！」

けれど、はるかな空をとぶ鳥を　つかまえることなどできません。

しんぞうは、
水(みず)だけのんで
ねむりました。

おなじころ、べつのばしょで　ひげが　いいました。
「ああ、はらへった、はらへった。虫でもいいから
食いたいよ」

ふと、空を見あげると、鳥たちが　気もちよさそうに
とんでいます。
「ああ、とりにくが　食いたい！」

けれど、はるかな空をとぶ鳥を　つかまえることなど
できません。

ひげは、
水(みず)だけのんで
ねむりました。

おなかがへった、はらへった。
おなかがへった、はらへった。
きのうもはらぺこ、今日もはらぺこ。
食べたい、食べたい、食いたい、食いたい。
おなかがへった、はらへった。
おなかがへった、はらへった。

しんぞうも　ひげも、二十一日ものあいだ　なにも
食べられず、はらぺこで　しにそうです。

CHARINDA

二十二日目のことです。

しんぞうとひげが　ばったり　出あいました。

しんぞうは、はらぺこなのを　がまんして、

「ジャンボ！（こんにちは！）

ハバリ　ヤコ？（ごきげんいかがですか？）」

と、あいさつしました。

ひげはというと、だまって　しんぞうを　にらみつけていました。

そして、しんぞうに　とびかかりました。

しんぞうを　食おうとしたのです。

しんぞうは　びっくりして、あわててにげました。
でも、はらぺこなので、体に力が入りません。

ポレポレ、よろよろ、のーろのろ。
ポレポレ、ふらふら、のーろのろ。

「こら、まて！」
ひげも、いそいでおいかけます。
でも、やっぱり　はらぺこで、体に力が入りません。

＊ポレポレ……スワヒリ語で「ゆっくり、のんびり」

CHARINDA

ポレポレ、
よろよろ、
のーろのろ。
ポレポレ、
ふらふら、
のーろのろ。

むこうから、
人間(にんげん)の男(おとこ)が
やってきました。

CHARINDA

しんぞうが　いいました。
「ひげに　おわれています。
ひげに見つかると、わたしは食われてしまいます。
どうか、わたしをのみこんで、あなたの体の中で
かくまってください」

男は、
「いやあ、今日は、はらいっぱいだ。もうなにも
のみこめないよ」
と、いいました。

しんぞうは　あきらめて、ポレポレ、よろよろ、走りだしました。

むこうから、べつの男が　やってきました。

しんぞうが　いいました。

「ひげに　おわれています。ひげに見つかると、わたしは食われてしまいます。どうか、わたしをのみこんで、あなたの体の中でかくまってください」

CHARINDA

男(おとこ)は、
「いいよ」
と、いって、
しんぞうを
ごくりと
のみこみました。

しんぞうは、男の　のどをとおり、はいを見ながら、男の左むねに　そっと　かくれました。

しばらくすると、ひげが　のろのろ走ってきて、サルに　ききました。

「ここらで、しんぞうを　見なかったかい？」

サルが　いいました。

「しんぞうは、人間の男に　かくまっておくれとたのんでいたよ」

CHARINDA

ひげは、
「アサンテ
（ありがとう）」
もいわないで、
あわてて　人間の男を
さがしにいきました。
男を見つけたひげは、
「しんぞうを
見なかったかい？」
と、ききました。

男が　いいました。

「しんぞうなら、ぼくの左むねに　かくれたよ」

ひげが、男の左むねに　近づいてみると、しんぞうが

ドキドキしているのが　聞こえました。

「おい、しんぞう、出てこい！」
しんぞうは、こわくてこわくて、
ドキドキ　ドッキン、
ドキドキ　ドッキン！

ひげは、男にいいました。
「おねがいだ。おれをのみこんで、あんたの体の中に入れてくれ」
男が　いいました。
「いやあ、もうはらがいっぱいだから、のみこめないよ」

ひげが　いいました。

「それじゃあ、しんぞうが出てくるまで、あんたの口のまわりで、またせてくれ」

「それならいいよ」

男は　ひげをつかむと、ぺたんと口の下、つまりは、あごに　はりつけました。

そのときから、人間の男には　ひげがはえ、しんぞうは、左むねで　ドキドキするようになったのです。

CHARINDA

今日(きょう)のはなしは、これで　おしまい。
ほしけりゃ　もってきな。
いらなきゃ　海(うみ)にすてとくれ。

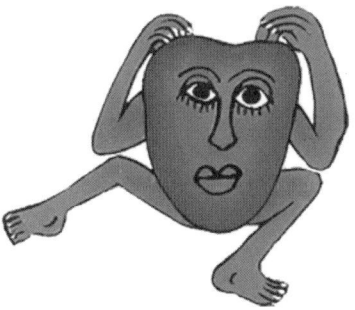

HARINDA

CHAKINDA

ゆかいなはなし　解説

島岡由美子

アフリカのむかしばなしといっても、アフリカ大陸はとても広くて、五十以上の国があります。この本で紹介しているのは、タンザニアのおはなしです。

◉ウサギのそめものや◉

日本には、「フクロウのそめものや」というむかしばなしがありますが、タンザニアでそめものやを開いたのはウサギでした。

タンザニアには、天然の染料がたくさんあり、イリンガ地方のかごに使われるものは草の根から作られますし、ザンジバルには「リップスティック・ツリー（口紅の木）」というのがあって、つぶつぶの実からまっ赤な染料がとれます。

それにしても、染料を発見したウサギによって、すべての動物に色やもようがついたというのは、なんともゆかいですね。

語ってくれたのは、ユーモアたっぷりのさし絵を描いてくれたムブカさん。幼いころ、タンザニアのほぼ中央に位置するドドマ州のコンドア地区にある、ボリサという小さな村に住む、おはなし上手のおばあちゃんに聞いたおはなしだそうです。

◉小さい青い鳥シェルレ◉

これは、多くのティンガティンガ・アーティストたちの出身地、ナカパニャ村に伝わるおはなしです。

一巻の「なぜなぜばなし」のなかでは「どうぶつ村の井戸」を紹介しましたが、これはきびしい日照りが続くおはなしです。このように、タンザニアのおはなしには、干ばつや水不足がテーマになっているものが多いですが、それだけきびしい自然環境だということなのでしょう。今年もシェルレの活躍で、タンザニアに雨がふりますように。

さし絵はレイモンドさん。動物だけでなく、ユニークな鳥の絵もたくさん描いてくれました。シェルレのことも知っていて、鳴きまねもうまかったですよ。

◉しんぞうとひげ◉

これは、ザンジバルのビネマおばあさんから聞いたおはなしです。

世界広しと言えど、しんぞうとひげが主人公のおはなしは、ほかではなかなかお目にかかれないのではないでしょうか？　なんとも不思議なはなしですが、「飢える」ということに焦点をあててみると、アフリカの生活がリアルに見えてきます。

しんぞうとひげの、二十一日間（じつに三週間）も食べ物が見つからず、水だけ飲んで眠るサバイバルの日々。親に「おなかすいた、なにかちょうだい」と無邪気に言える環境になく、ふだんから、空腹を水でまぎらわしている子どもたちがいることも知ってほしいなと思います。

とはいえ、貧しい生活ぶりを想像してかわいそうがるのではなく、きびしい現実もひっくるめて、おおらかに笑ってしまえる、人びとのたくましさや心意気を感じとっていただけるといいなというのが、さし絵を描いてくれたチャリンダさんと私の共通の願いです。

CHARINDA

《編・再話》

しまおかゆみこ（島岡由美子）

名古屋生まれ。1987年より夫島岡強と共にアフリカに渡り、タンザニアのザンジバルで、人々の自立につながる事業や、スポーツや文化の交流活動を続けている。アフリカ各地に伝わる民話の聞き取り、再話がライフワーク。主な著書に『アフリカから、あなたに伝えたいこと』『どうぶつたちのじどうしゃレース』『アフリカに咲く 熱帯の花、笑顔の花――ワイルドフラワー120』（以上、かもがわ出版）など。

《絵》

ムブカ（Abbasi Mbuka Kiando）

1975年生まれ。ダルエスサラーム出身。サルム・ムッサに手ほどきを受け、ティンガティンガ・アーティストになる。動物画が得意。『アフリカの民話集　しあわせのなる木』（未來社）、絵本『どうぶつたちのじどうしゃレース』（かもがわ出版）で、挿絵を担当。

レイモンド（Raymondo Peter Kambili）

1984年生まれ。ダルエスサラーム出身。美しいチョウを得意とする兄カンビリに手ほどきを受け、2009年にティンガティンガ・アーティストの道へ。チョウや鳥、ヒョウが得意。本の挿絵は今回がはじめて。

チャリンダ（Mohamed Charinda）

1947年生まれ。トゥンドゥール地方ナカパニャ村出身。1974年から、ティンガティンガひとすじに生きたアーティスト。絵本『しんぞうとひげ』（ポプラ社）、『アフリカの民話』（バラカ）、『アフリカの民話集しあわせのなる木』（未來社）で挿絵を担当。2021年逝去。

＊地図作成＊川口圭希（バラカ）
＊協力＊上田律子（ひまわりおはなし会代表）／矢田真由美／下里美香
＊ブックデザイン＊土屋みづほ　＊編集＊天野みか

ティンガティンガ・アートでたのしむアフリカのむかしばなし

３　ゆかいなはなし　しんぞうとひげ

2025年3月14日　初版第1刷発行

編・再話　しまおかゆみこ／絵　ムブカ、レイモンド、チャリンダ
発 行 者　田村太郎
発 行 所　株式会社 かもがわ出版
〒602-8119　京都市上京区堀川通出水西入
TEL 075-432-2868　FAX 075-432-2869
振替　01010-5-12436 ／ https://www.kamogawa.co.jp
印 刷 所　シナノ書籍印刷株式会社
ISBN978-4-7803-1356-7　C8098　NDC388・994　Printed in Japan　［堅牢製本］